CATALOGUE

DU

MOBILIER

ARTISTIQUE

Salons en satin et broderies anciennes — Riches Tentures — Tapisseries
Salle à manger
Magnifique Chambre à coucher en bois finement sculpté, style Renaissance

Meubles exécutés par GIRARD

OBJETS D'ART — TABLEAUX

DIAMANTS, BIJOUX, ARGENTERIE

Objets de vitrine

Le tout appartenant à Mlle HUMBERTA, artiste lyrique

ET DONT LA VENTE AURA LIEU

Par suite de son départ

Les Jeudi 2 et Vendredi 3 Juin 1887

A DEUX HEURES

14, RUE FRANÇOIS Ier, 14

Me ESCRIBE	**M. A. BLOCHE**
COMMISSAIRE-PRISEUR	EXPERT
6, rue de Hanovre, 6	23, rue Chauchat, 23

EXPOSITIONS

PARTICULIÈRES	PUBLIQUE
Les Lundi 30 et Mardi 31 Mai 1887	**Le Mercredi 1er Juin 1887**

DE 1 HEURE A 5 HEURES

CONDITIONS DE LA VENTE

Elle sera faite *expressément* au comptant.

Les Acquéreurs paieront CINQ POUR CENT en sus des adjudications, applicables aux frais de la vente.

L'Exposition mettant les acquéreurs à même de se rendre compte de l'état et de la nature des objets, il ne sera admis aucune réclamation une fois l'adjudication prononcée.

NOTA. — L'appartement est à louer de suite. Pour tous renseignements, s'adresser : 14, rue François Ier.

Paris. — Imp. de l'Art. E. MÉNARD et J. AUGRY, 41, rue de la Victoire.

Désignation des Objets

ANTICHAMBRE

Tapisseries. — Objets d'ameublement.

1 — Joli panneau en ancienne tapisserie, représentant le Duo : personnages dans un parc, au pied
d'un escalier monumental, avec bordure à palmes
et guirlandes de fleurs.

2 — Grande tapisserie ancienne, représentant une
Chasse et la Danse champêtre, composition de
plusieurs personnages et d'animaux dans un
paysage accidenté, avec bordure à fleurs, relevée
de deux côtés par des cordelières avec glands,
formant ainsi tenture flottante et portière.

3 — Deux portières en ancienne tapisserie dite
verdure.

4 — Panneau en ancienne tapisserie verdure, avec
bordure formant draperie relevée par une corde-
lière et des glands.

5 — Deux panneaux en ancienne tapisserie à personnages, décorant le plafond.

6 — Deux escabeaux en bois sculpté, dessin à arabesques ajourées, dossiers forme écusson. Style
Renaissance.

7 — Escabeau en bois sculpté, style Renaissance,
dossier à écusson et cariatides de sphinx.

8 — Très belle lanterne, forme sphérique, en fer
forgé, représentant des chimères ailées et des
écussons au milieu d'arabesques, avec six bras de
lumières. Style Renaissance.

9 — Potiche côtelée, forme à pans, avec couvercle
en faïence de Delft, décor dans le goût chinois
en bleu sur blanc.

10 — Carpette orientale, dessin multicolore.

GRAND SALON

Tentures. — Meubles. — Objets d'art.

11 — Quatre très beaux panneaux en satin crème,
ornés de broderies anciennes d'or, d'argent et
de soie en haut-relief et appliquées, représentant
des corbeilles de fleurs posées sur des rinceaux
feuillagés tout enguirlandés de fleurs variées, et
de figures d'amours.

12 — Trois bonnes grâces formant décoration de
fenêtre, en satin crème orné de broderies anciennes d'argent et de soie, représentant des
guirlandes de fleurs et de feuillages, avec draperies en satin bleu relevées par des cordelières
et des gros glands en passementerie de soie.
Dans les draperies sont disposés des petits
amours en bois sculpté et doré. Travail ancien.

13 — Deux décorations de portes formées d'un grand
rideau relevé à l'italienne et d'un autre moins

large en satin bleu, avec bandeaux en satin crème
ornés d'ancienne broderie à fleurs et arabesques
en soie de différentes nuances, encadrés d'une
draperie formant bonne grâce en satin bleu,
relevés par des cordelières et des glands en passementerie de soie. Dans les draperies sont
suspendus des petits amours en bois sculpté et
doré. Travail ancien.

14 — Deux belles décorations de baie formées de
grandes portières en satin bleu, garnies de grosses franges chenillées multicolores, doublées en
satin blanc avec bandeaux en satin de même
couleur, orné de guirlandes de fleurs en ancienne
broderie d'argent et de soie, bordé d'un élégant
lambrequin en ancien point de Hongrie, et encadré de draperies formant bonne grâce en satin
bleu, relevées par des cordelières et des glands en
passementerie de soie. Dans les draperies sont
suspendus des petits amours en bois sculpté et
doré de travail ancien.

15 — Décoration de cheminée en satin bleu avec
bandeau orné de broderies anciennes, dessin à
personnages, gentilshommes et grandes dames en
costumes de la Régence.

16 — Draperie en satin bleu formant bonne grâce,
avec des petits amours en bois sculpté et doré,
garnissant un cadre de glace.

17 — Deux charmants petits canapés en bois sculpté
et doré, forme contournée, dessin à palmes et
fleurs de style Louis XV, couverts en satin bleu,
ornés de riches broderies de soie et d'argent, à
guirlandes de fleurs et oiseaux.

18 — Deux bergères en bois sculpté et doré, de
forme Louis XVI, couvertes en satin bleu, ornées
d'ancienne broderie d'argent et de soie à gerbes de fleurs. L'une des bergères est de l'époque
Louis XVI.

19 — Deux chaises à hauts dossiers en bois sculpté
et doré, époque Louis XIV, couvertes en satin
bleu avec broderies anciennes. dessin à guirlandes de fleurs et feuillages.

20 — Deux chaises légères en bois finement sculpté
et doré, l'une de l'époque, l'autre style Louis XIV,
couvertes en satin crème avec guirlandes de
fleurs formant écussons, en ancienne broderie
appliquée.

21 — Deux poufs formés de coussins superposés en
satin bleu, garnis de grosses cordelières avec
glands en passementerie polychrome, dessus en
satin crème, ornés de broderies anciennes à fleurs
et arabesques.

22 — Très joli bureau plat en bois de rose, forme à
contours, légèrement bombé, orné de bronzes
ciselés, montants, écoinçons, poignées, appli-
ques de serrures, dessin à rocailles. Les contours du meuble sont encadrés de moulures en
cuivre. Époque Louis XV.

23 — Petite console en bois sculpté et doré, époque
Louis XIV, avec draperie en peluche bleue rete-
nue par des petits amours en bois sculpté et
doré.

24 — Table octogone couverte en peluche bleue décorée de draperies, garnie de franges et de cordelières avec glands, recouverte d'un petit tapis
en guipure vénitienne au crochet.

25 — Joli écran, époque Louis XIV, en bois sculpté
et doré, garni d'un panneau de satin crème avec
ancienne broderie à fleurs, ornements et papil-
lons en argent et en soie, gainé de satin rouge.

26 — Grand paravent à quatre feuilles, d'un côté en
satin crème orné de riches broderies anciennes
de soie multicolore, représentant des paons, des
perroquets et des perdrix au pied d'arbustes couverts de fleurs, avec nombreux oiseaux perchés
sur les branches. De l'autre côté, il est garni de

satin bleu. Avec poignée en cuivre, dessin
rocaille. Style Louis XV.

27 — Trois tabourets de pieds en satin bleu, ornés
d'ancienne broderie à fleurs, et garnis de passementeries assorties.

28 — Joli lustre à dix-huit lumières, en porcelaine
de Saxe, décor à fleurs et rocailles avec oiseaux
perchés sur les branches, et pendeloques à bouquets de fleurs en relief suspendus à chaque
rinceau.

29 — Miroir avec cadre à fronton en porcelaine de
Saxe, dessin rocaille à sujet Watteau, orné de
fleurs et d'oiseaux en relief.

30 — Pendule forme rocaille, en porcelaine de Saxe
ornée de fleurs en relief, offrant, sur le devant,
deux enfants enguirlandés de fleurs, et couronnée par un groupe allégorique : Jupiter, le Temps
et les Amours.

31 — Statuette d'enfant couché sur un coussin, en
marbre blanc avec colonnette en marbre vert
serpentin d'Italie sculpté à côtes tournantes,
plinthe à pivot tournant.

32 — Petit buste d'enfant en marbre blanc, d'après
François Flamand, sur socle carré.

33 — Petite console en peluche bleue, avec support
en bronze, dessin à rocaille. Époque Louis XV.

34 — Draperie en peluche bleue garnie de franges
assorties.

35 — Deux beaux candélabres à douze lumières, en
bronze ciselé et doré, représentant des enfants
portant des guirlandes de fleurs au dieu Pan.
Avec bouquets à gerbes de blé, rinceaux feuillagés enguirlandés de fleurs. Style Louis XVI.
Travail de Barbedienne.

36 — Deux flambeaux formés de femmes drapées,
en biscuit; montures en bronze doré. Style
rocaille.

37 — Neuf figurines : petits amours, en ancienne
porcelaine de Saxe.

38 — Flacon formé par un carlin couché, en ancienne porcelaine de Saxe.

39 — Deux petits carlins en vieux Saxe.

40 — Boîte rectangulaire en porcelaine d'Allemagne,
décor à fleurs et figures.

41 — Petit sucrier en vieux Sèvres, pâte tendre, décor à bouquets de roses détachées et guirlandes de laurier.

42 — Groupe de quatre petits enfants en ancienne porcelaine de Saxe : allégorie des Arts.

43 — Groupe de deux petits enfants en ancienne porcelaine de Saxe.

44 — Paire de vases de Saxe, décor à sujet Watteau, avec fleurs et figures d'enfants en relief.

45 — Coffret en porcelaine de Naples, décor à sujet mythologique en relief; monture dessin bambou en bronze doré.

46 — Coffret analogue au précédent, moins grand.

47 — Deux belles lampes en bronze, décorées de guirlandes de laurier et de feuilles d'acanthe ; sur socle en marbre onyx d'Algérie, formant vase. Travail de Barbedienne.

48 — Petite coupe en agate d'Allemagne, monture en argent émaillé de style Renaissance.

49 — Éventail du temps de Louis XIV, feuille à sujet champêtre ; monture en nacre rehaussée d'or.

50 — Miniature ancienne, représentant la Vénus au dauphin, avec cadre en bois sculpté et doré de l'époque, sur un petit chevalet en peluche rouge.

51 — Bonbonnière en cristal taillé, monture en argent doré, à charnière. Époque Louis XVI.

DEUXIÈME SALON

52 — Deux très beaux panneaux en satin crème,
ornés de broderies anciennes d'argent et de soie,
représentant des gerbes et des guirlandes de
fleurs.

53 — Deux panneaux en satin crème ornés de broderies, représentant des paons dans des paysages.

54 — Deux bonnes grâces formant décoration de croi-
sée semblable à celles du grand salon.

55 — Deux décorations de glaces en satin bleu, drapées et relevées par des cordelières avec gros
glands à passementerie.

56 — Décoration de cheminée, rideaux en satin bleu
avec bandeau orné d'ancienne broderie à guirlandes de fleurs et d'une bande ancienne brodée
à fleurs sur fond rouge.

57 — Décoration de porte formée de deux portières
avec draperie en satin bleu, garnies de passementeries assorties, et bandeau en satin crème rehaussé
de broderies anciennes à fleurs et oiseaux.

58 — Grande glace de la hauteur du salon, cadre
garni de satin bleu.

59-60 — Deux glaces moins grandes, cadres garnis
de satin bleu.

61 — Deux fauteuils en bois sculpté et doré, l'un
d'époque, l'autre de style Louis XIV, couverts en
satin bleu, ornés d'anciennes broderies d'argent
et de soie, représentant des gerbes de fleurs.

62 — Deux chaises en bois sculpté et doré, époque
Louis XIV, recouvertes en satin bleu et ornées
d'ancienne broderie argent et chenillé de soie,
représentant des guirlandes de fleurs.

63 — Jardinière en bois sculpté et doré, décor à
coquilles, cornes d'abondance et rosaces ; posant
sur quatre pieds forme pilastre, avec traverses à
volutes et vase au milieu orné d'anses à têtes de
béliers. Style Louis XIV.

64 — Paire de chenets en bronze, style Louis XV,
représentant des petits tritons sur des rocailles.

65 — Panneau en velours rouge avec huit pièces,
frises et médaillons, en bronze ciselé et doré,
Époque Louis XVI et premier Empire.

66 — Tabouret de piano en bois noir, dessus en satin bleu orné d'ancienne broderie à fleurs.

67 — Deux petites consoles-supports en porcelaine de
Saxe, décor oiseaux et fleurs.

68 — Paire de petits vases en verre de Venise, décor
agate aventuriné.

69 — Coffret en forme de châsse, en bois d'ébène ;
monture en bronze poli de style gothique.

70 — Tapis fond rouge uni, couvrant le premier et
le deuxième salon.

SALLE A MANGER

71 — Très beau buffet-dressoir en noyer sculpté,
formant crédence, avec fronton à voussures supporté par des colonnettes que soutiennent quatre
statuettes de guerriers. Il s'ouvre dans le bas à
quatre battants, offrant en bas-relief des compositions raphaélesques, cornes d'abondance, rinceaux, arabesques et têtes fantastiques; sur les
portes principales se détachent en haut-relief une
tête de femme et une tête d'homme à coiffures
Moyen-Age. Joli travail de *Girard*. Style Renaissance.

72 — Dressoir formant desserte, en noyer sculpté ;
le bas est supporté par des colonnettes, le haut
par des statuettes de guerriers tenant sur leurs
têtes des balustres feuillagés ; le fond, divisé
par panneaux, offre en bas-relief des vases d'où
s'échappent des arabesques de feuillages lobés.
Travail de *Girard*. Style Renaissance.

73 — Armoire vitrée à deux portes, en bois sculpté,
couronnée par un fronton à écusson et figures
d'hommes assis, avec lions héraldiques couron-
nant les pans coupés, dont les montants sont
formés de cariatides de satyres, de consoles ren-

versées et de têtes de lions à la gueule béante.
Elle s'ouvre dans le bas à deux battants, offrant
en bas-relief des sujets allégoriques aux arts et
aux sciences, dans des cartouches supportés par
des monstres ailés. Style Renaissance.

74 — Quatre chaises en noyer sculpté, avec dossiers
à petits balustres et têtes de lions couvertes en
cuir rouge. Style Renaissance.

75 — Écran en bois sculpté, décor à coquilles et
feuillages, avec panneau en tapisserie au point
et au petit point, représentant des dames de
qualité cueillant des fleurs, au milieu d'un
paysage encadré d'ornements, de fleurs et de feuillages. Travail en partie du temps de Louis XIV.

76 — Écran en fer forgé, dessin à arabesques, rinceaux et rosaces. Style Renaissance.

77 — Deux chenets de même style.

78 — Deux belles décorations de croisées formées de
rideaux en peluche rouge ornée d'applications
d'ancienne tapisserie, avec bandeaux à guirlandes
de fruits, passementeries, embrasses et glands
assortis.

79 — Dessus de cheminée en peluche rouge, avec
médaillon en ancienne tapisserie à petits per-

sonnages, et écussons en broderie de la Renaissance, franges et passementerie assorties.

80 — Baldaquin de cheminée formé par une draperie en drap rouge, ornée d'anciens écussons en
broderie, et supporté par des lances en fer.

81 — Deux draperies en drap rouge, ornées d'écussons en broderie ancienne décorant les dessus de
portes, formant *bonnes grâces*.

82 — Bandeau en tapisserie de la Renaissance, à
petits personnages, montée sur fond de peluche
rouge, garni de franges et passementerie assorties.

83 — Très joli tapis de table en ancienne tapisserie
à petits personnages, fond brodé, époque Louis
XIII, garni de franges.

84 — Beau panneau en tapisserie de la Renaissance,
composition d'une multitude de petits personnages, sujet guerrier. (Une partie de la tapisserie
est remployée dessous.)

85 — Grand et beau tapis couvrant la salle à manger, dessin à palmes sur fond noir.

86 — Service de table en porcelaine de Saxe, décor
à fleurs et rocailles en bleu sur blanc, composé

d'une grande soupière ovale avec plateau, quatre plats oblongs, deux plats ronds, deux saucières, deux compotiers creux, deux corbeilles ovales, deux fraisiers, cinq plateaux à fruits, une étagère surmontée d'une figurine, une coupe à fruits, un moutardier, dix assiettes creuses, vingt et une assiettes plates, dix assiettes à dessert, douze petites assiettes à glaces, cinq coquetiers, quatre bouts de table, une cuiller à sauce, douze assiettes, bordures à jour.

87 — Garniture de cinq pièces en faïence de Delft, décor style chinois en polychrome.

88 — Onze tasses avec soucoupes de Saxe, décor à fleurs, fond gaufré.

89 — Deux salières doubles de Saxe, décor volatiles.

90 — Quatorze assiettes de Saxe, bordures à jour, décor à fleurs.

91 — Écuelle en vieux Saxe, fond gaufré, médaillons à petits personnages.

92 — Pot à crème de Saxe, décor à fleurs, bordures rehaussées d'or.

93 — Plat rond et six assiettes de Sèvres, fond bleu turquoise, médaillons à figures d'amours au chiffre de Louis-Philippe.

94 — Bonbonnière et plateau de Saxe, à sujets Watteau, fond vert à rehauts d'or.

95 — Tasse avec couvercle et soucoupe de Saxe, même décor.

96 — Pot à crème, tasse et soucoupe de Sèvres, fond blanc quadrillé à jour et rehaussé d'or.

97 — Salière à trois compartiments en faïence, décor à fleurs.

98 — Fontaine du Japon supportée par trois figurines, décor polychrome à rehauts d'or.

99 — Six petits bols avec soucoupes du Japon, décor polychrome.

100 — Deux plateaux en faïence, à sujets champêtres.

101 — Vase cylindrique en même faïence.

102 — Huilier genre Marseille, décor style rocaille.

103 — Deux salières et un moutardier en porcelaine d'Allemagne, décor écussons et fleurs.

104 — Quatre bouteilles en verre gravé.

CHAMBRE A COUCHER

105 — Magnifique lit de milieu en bois de noyer
finement sculpté, inspiré des plus élégantes
compositions du Moyen-Age. Travail de Girard.
Le devant offre, en ronde bosse, une scène allégorique aux accordailles d'une dame de qualité
à un jeune seigneur par une reine assise sur son
trône sous un dais fleuronné. De chaque côté,
s'avancent des femmes richement parées portant
le voile de la mariée, des seigneurs et des pages
portant les présents; puis ce sont des musiciens
assis ou debout qui semblent exécuter des mor-
ceaux de circonstance. Ces différents personnages
circulent dans une galerie d'arcades ajourée. Au-
dessus, se détachent des tétes de chérubins et la
rampe d'appui est couverte d'un tore de laurier.
De chaque côté, s'élèvent des cariatides d'animaux chimériques supportant des pommes ornées
de feuilles d'acanthe. Le bas du lit offre, de
chaque côté, une suite de godrons entrecoupés
de feuillages lobés. Le baldaquin, sculpté en
partie à jour, dessin à petites arcades, présente
au centre un cartouche à tête de chérubin aux
ailes déployées. Il est supporté par deux élégantes colonnes ralliées au panneau de fond par
une arcature ajourée à colonnettes. Le fronton,
divisé en trois compartiments, offre des compo-

sitions raphaélesques et au-dessus se dressent deux hommes d'armes s'appuyant sur un blason surmonté d'une couronne et d'un casque de chevalerie. De chaque côté, tombent des rideaux en peluche vieux rose élégamment relevés par des cordelières avec gros glands et passementeries assorties, doublés en satin de même nuance. Le tour du baldaquin est orné d'un bandeau en satin rose richement brodé de guirlandes de fleurs en argent et soie, bordé d'une passementerie métallique et garni de franges pompon. Le dessus de lit, en peluche de même nuance, est enrichi de deux bandes avec broderies analogues au bandeau.

Ce lit, d'une conception aussi artistique qu'élégante, peut être classé parmi les plus belles œuvres d'art décoratif de notre époque, inspiré du goût ancien. Il est élevé sur une marche couverte en moquette rouge unie.

106 — Très joli meuble forme crédence, avec fronton à voussure, en bois sculpté, représentant des scènes de combat et de festin. Il est supporté par deux colonnes surbaissées, surmontées de chapiteaux. Travail en partie du XVIe siècle.

107 — Beau meuble formant cabinet à l'intérieur et d'aspect architectural, orné de groupes et de figurines se détachant en ronde bosse. La corniche est supportée par des consoles à têtes de chérubins et présente, au centre, un blason tenu par deux enfants. Travail de Gênes, XVIe siècle.

108 — Charmant prie-Dieu en noyer finement sculpté,
de style gothique fleuronné, offrant dans des
niches des sujets et des personnages allégoriques
du Nouveau Testament, en ivoire sculpté. Travail de GIRARD.

Avec coussin et tapis de prière en ancien brocart rose broché d'or et d'argent.

109 — Écran en noyer finement sculpté, orné de coquilles, de rinceaux et de chimères, avec panneau
en ancien brocart d'or sur fond vieux rose, broché à fleurs. Le revers est gainé de satin rose.

110 — Belle chaise longue en satin rose avec bour-
relets à draperies en peluche de même nuance.
Dessus en ancien brocart d'or fond blanc, broché à fleurs et feuillages avec relevailles à bouf-
fants en même tissu, garni de franges et de passementeries, de cordelières et de glands assortis.

111 — Coussin en satin et soie rose, orné de broderie ancienne à arabesques de fleurs sur fond de
soie crème.

112 — Deux jolies chaises basses à dossiers renver-
sés, semblables à la chaise longue.

113 — Fauteuil à haut dossier en noyer sculpté, avec
accotoir à volutes surmonté d'animaux fantastiques, couvert en ancien brocart rose broché d'ar-

gent, dessin à festons de paysage, garni de dentelle d'argent, monté sur fond de peluche, et gainé de peluche vieux rose.

114 — Deux très belles décorations de fenêtres, composées chacune de deux rideaux en panne vieux rose, garnis de franges, de cordelières et de gros glands en passementerie assortie, avec bandeaux ornés d'ancienne broderie à arabesques de fleurs sur fond de satin rose.

115 — Élégante décoration de cheminée en peluche vieux rose et ancien brocart, relevée par des cordelières et garnie de franges assorties.

116 — Coussin en peluche vieux rose et broderie ancienne, garni de franges assorties.

117 — Deux portes composées d'anciens panneaux en bois sculpté. Joli travail de la Renaissance, compositions raphaélesques à figures et ornements.

118 — Seau en ivoire sculpté offrant au pourtour, sous des arcades, des scènes allégoriques au Nouveau Testament.

119 — Deux jolies statuettes représentant Charles IX et la reine en costumes de cour; sur socles en peluche rouge.

120 — Paire de belles lampes formant vases en bronze, partie argentée et partie dorée, avec anses à griffons ailés.

121 — Petit tapis d'autel en satin rose, orné d'un vase de fleurs en broderie de soie tenu par des figurines d'amours en bois sculpté et peint, ces dernières du temps de Louis XIII.

122 — Missel avec reliure en argent ciselé.

123 — Couvre-pied en mousseline de l'Inde brodée au chiffre de la reine Hortense, garni d'une large valenciennes.

124 — Taie d'oreiller en mousseline de l'Inde brodée.

125 — Écharpe en ancienne blonde brodée.

126 — Tenture murale et du plafond, en panne vieux rose, avec cordelières assorties.

127 — Tapis en moquette rouge unie, couvrant la chambre.

PETIT SALON

128 — Piano en palissandre de *Kriegelstein*.

129 — Quatre chaises en bois de fer sculpté à jour, couvertes en étoffe chinoise brochée, avec cordelières et glands.

130 — Grand et beau plat rond en bois laqué du Japon, offrant en haut-relief une cigogne et des grandes plantes de lotus à rehauts d'or et argentifères.

131 — Paire de belles et grandes lampes, formées de vases cylindriques à fond gris aventuriné d'or, à paysages et oiseaux en couleur, avec riches montures en bronze ciselé et doré dans le goût chinois. (Proviennent de l'escalier de Cristal.)

132 — Petite bonbonnière en argent ciselé, offrant dessus, en haut-relief, des petits personnages, et, au pourtour, des gerbes de fleurs et de feuil-

lages. Travail japonais. Signature sur le couvercle.

133 — Jardinière ronde en émail cloisonné de Chine, fond noir à fleurs en couleur; monture en bronze ciselé noirci et frotté, à têtes d'éléphants dans le goût chinois. Travail de *Barbedienne*.

134 — Paire de jolis candélabres, formés de vases chinois en ivoire sculpté, laqué et burgauté, décorés de personnages dans des paysages. Montures en bronze doré, avec bouquets à cinq lumières en forme d'arbres. Travail dans le style chinois.

135 — Paire de flambeaux formés par des perdrix, en émail cloisonné de Chine; montures en bronze doré dans le style chinois.

136 — Deux bonbonnières en émail cloisonné de Chine, fond bleu turquoise, décor à arabesques en couleur.

137 — Deux plateaux en émail cloisonné du Japon, décorés d'oiseaux dans des paysages polychromes.

138 — Miniature sur ivoire : portrait du roi Louis XVIII; montée sur cadre à chevalet en velours bleu.

139 — Très joli petit service à thé ancien du Japon, composé d'un plateau et de cinq soucoupes forme feuilles enroulées, une théière forme fleur en argent et cinq bols de Satzuma, décor à paysages rehaussés d'or.

140 — Grande et belle carpette ancienne d'Orient, fond gros bleu, à rosaces, bordure fond rouge et fond jaune à petit dessin.

BIJOUX

141 — Belle garniture de trois broches, forme fleurs
de lis, tout en brillants. Celle du milieu est
ornée au centre d'un gros brillant.

142 — Paire de grandes boucles d'oreilles composées
de saphirs, entourés chacun de dix brillants.

143 — Broche-pendentif, forme cœur, composée d'un
saphir entouré de douze gros brillants, et belière
enrichie de trois brillants.

144 — Broche barrette avec pendeloque composée
de deux grosses turquoises entourées de brillants
avec traverse en brillants.

145 — Collier, modèle à pampilles, en brillants et
roses.

146 — Porte-bonheur enrichi de trois rubis et quatorze brillants.

147 — Porte-bonheur enrichi de sept saphirs cabo-
chons et d'entre-deux en roses.

148 — Bracelet mi-jonc en or émaillé noir enrichi de cinq brillants.

149 — Jolie broche, forme perroquet, tout en roses, avec perles aux extrémités du perchoir sur lequel l'oiseau est perché. Les yeux sont formés de saphirs et la crête est ornée de rubis.

150 — Broche forme araignée dont le corps est formé d'un œil-de-chat entouré de brillants, les yeux de deux rubis et les pattes pavées de brillants et de roses.

151 — Broche, forme tortue, toute pavée de roses.

152 — Croix ancienne en perles et roses.

153 — Broche porte-bouquet, forme nœud de rubans, traversée par une épingle en roses et perles.

154 — Bague composée d'une perle noire entourée de huit brillants.

155 — Bague chevalière composée d'un saphir cabochon et de deux brillants.

156 — Bague composée d'une turquoise entourée de brillants.

157 — Bague ornée d'une couronne, enrichie de roses et de perles.

158 — Épingle enrichie d'une perle grise.

159 — Petit collier en perles avec croix montée de demi-perles.

160 — Bracelet mi-jonc en or mat avec traverse en roses et boules de lapis.

161 — Broche, forme fleur, en or mat, enrichie de perles et de roses.

162 — Broche, forme tête de hibou, en or mat.

163 — Flacon monté en or, enrichi d'un œil-de-chat entouré de roses.

164 — Petit flacon, monture en or de couleur ciselé et guilloché. Style Louis XVI.

165 — Porte-crayon en or guilloché et or vert. Style Louis XVI.

166 — Porte-mine en or, de Jones.

167 — Deux paires de boutons de manchettes en or platiné, modèle boules.

168 — Bonbonnière en or vert ciselé et or guilloché. Style Louis XVI.

169 — Très petite bonbonnière à charnière en or ciselé et guilloché, ornée, sur le dessus, d'un trophée champêtre, bordure et chaînette en or vert. Style Louis XVI.

170 — Petit peigne en écaille blonde, monture en or mat.

171 — Petit flambeau en or ciselé et de couleur, représentant des amours autour d'un rosier. Le pied et la bobèche sont enrichis de roses et d'émeraudes.

172 — Coupe-papier en écaille blonde, enrichi d'une guirlande de fleurs en roses.

173 — Crochet de montre avec petite montre à remontoir d'Henry Caft, de Genève, en jaspe sanguin ; monture or.

174 — Cache-peigne en écaille blonde avec galerie et boules d'or.

175 — Crochet de montre en soie noire avec boucle et monture en or.

176 — Chaîne de cou en or avec coulant.

177 — Très petit tire-boutons en or.

178 — Trois petits porte-bonheur en or.

179 — Broche avec pendeloque en or mat.

180 — Breloque, forme sonnette, en or.

181 — Garniture de robe composée de douze boutons en argent, à petits personnages ; sujets
champêtres.

182 — Jolie garniture de dix-huit boutons formés
par des miniatures jeux d'amours, tous à sujets
variés, peintures en grisaille ; montures or et
argent.

183 — Quatre pommes d'ombrelles, forme boules,
en lapis.

ARGENTERIE

184 — Belle aiguière avec plateau en argent repoussé et ciselé, décor dit feuille de chou à rocailles et écussons. Travail français. Époque Louis XV.

185 — Bol à punch avec plateau et cuiller en vermeil.

186 — Fontaine avec son pied, à lampe à esprit-de-vin, en argent avec bordure repoussée. Dessin de guirlandes de fleurs en vermeil.

187 — Quatre supports de surtout avec plateaux en argent ciselé et gravé, décor de guirlandes de lauriers. Style Louis XVI.

188 — Grand plateau en argent, bordure décorée de
fruits. Travail au repoussé.

189 — Deux plateaux ronds en argent.

190 — Moutardier sur plateau adhérent, en argent,
avec figure d'amour sur le couvercle et double
fond en vermeil.

191 — Écuelle avec couvercle et plateau en argent
guilloché. Style Louis XVI.

192 — Pot à crème en argent gravé et guilloché,
dessin quadrillé et rosaces.

193 — Petit réchaud, forme jardinière, en argent,
partie repercée partie ciselée, décor à rocailles.

194 — Œuf en argent guilloché. Style Louis XVI.

195 — Groupe formé par un faisan sur un terrasse-
ment en argent.

196 — Service à salade en argent, dessin à rocailles.
Style Louis XV.

197 — Deux cuillers à compote en argent, manches
à fleurs et branchages enroulés.

198 — Paire de ciseaux à raisin en argent, décorés
de ceps de vigne.

199 — Cuiller à sucre en vermeil.

200 — Trois cuillers en vermeil avec manches ornés
de cariatides de personnages. Style Renaissance.

201 — Six petites cuillers en vermeil ciselé, à têtes
de femmes. Style Renaissance.

202 — Six couteaux en vermeil avec manches à
figures de saints. Style Renaissance.

203 — Trois couverts Louis XIII, en argent ciselé.

204 — Pelle à glace en argent gravé, partie dorée,
décor dans le goût japonais.

205 — Deux couverts en vermeil. Travail russe.

206 — Deux petits plateaux en argent repoussé, à
sujets Téniers.

207 — Petit plateau en argent guilloché et gravé.

208 — Tasse avec soucoupe en argent gravé et doré.

209 — Tasse et soucoupe en argent niellé. Travail
russe.

210 — Pot à crème en vermeil repoussé.

211 — Petite cafetière en argent.

212 — Sucrier en argent.

213 — Aiguière en cristal gravé ; monture en argent gravé.

TABLEAUX

ANDRIEUX

214 — *La Déclaration aux champs.*
Charmante aquarelle forme éventail.

BESNARD

215 — *Cavaliers orientaux.*
Aquarelle.

CLAUDE

216 — *Pêches, raisins, ananas.*

COROT

217 -- *Paysage avec figures.*

DORA

218 — *Personnages en costumes Louis XVI, dans un parc.*

FRANCK

219 — *La Sainte Famille.*

Sur cuivre.

Cadre en bois sculpté et doré ancien.

MAS
(NICOLAS)

220 — *La Liseuse.*

Très beau portrait.

ROYER

(LIONEL)

221 — *Les Deux Pigeons.*

WORMS

222 — *Jeune Femme en élégant costume de ville.*
   Aquarelle.

223 — Objets non catalogués.

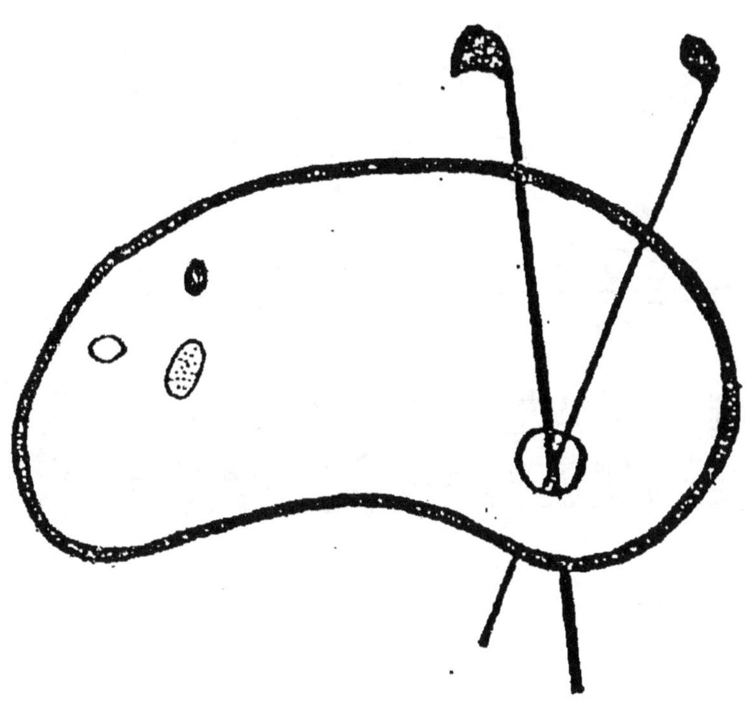

RED. :

24

MIRE ISO N° 1
NF Z 43-007
AFNOR
Cedex 7 - 92080 PARIS-LA-DÉFENSE

graphicom
3798970

www.ingramcontent.com/pod-product-compliance
Lightning Source LLC
LaVergne TN
LVHW050647060726
842527LV00004B/1533